漢字部首繪本 一

當哥哥

作　　者：小荷

繪　　圖：Keman

責任編輯：黃花窗　劉紀均

美術設計：鄭雅玲

出　　版：新雅文化事業有限公司

　　　　　香港英皇道 499 號北角工業大廈 18 樓

　　　　　電話：(852) 2138 7998

　　　　　傳真：(852) 2597 4003

　　　　　網址：http://www.sunya.com.hk

　　　　　電郵：marketing@sunya.com.hk

發　　行：香港聯合書刊物流有限公司

　　　　　香港荃灣德士古道 220-248 號荃灣工業中心 16 樓

　　　　　電話：(852) 2150 2100

　　　　　傳真：(852) 2407 3062

　　　　　電郵：info@suplogistics.com.hk

印　　刷：中華商務彩色印刷有限公司

　　　　　香港新界大埔汀麗路 36 號

版　　次：二〇二一年七月初版

ISBN: 978-962-08-7766-7

© 2021 Sun Ya Publications (HK) Ltd.

18/F, North Point Industrial Building, 499 King's Road, Hong Kong

Published in Hong Kong, China

Printed in China

漢字部首繪本 一

當哥哥

小荷 著　Keman 繪

新雅文化事業有限公司
www.sunya.com.hk

當哥哥是一件很棒的事！

比如……

扶媽媽上樓梯。

幫爸爸 **拿** 公事包。

給爺爺嫲嫲打電話。

替妹妹 拍照。

13

掩住耳朵，

14

捏 住鼻子。

自己拉好被子。

在黑暗中 **打** 着手電筒。

摺我的紙飛機。

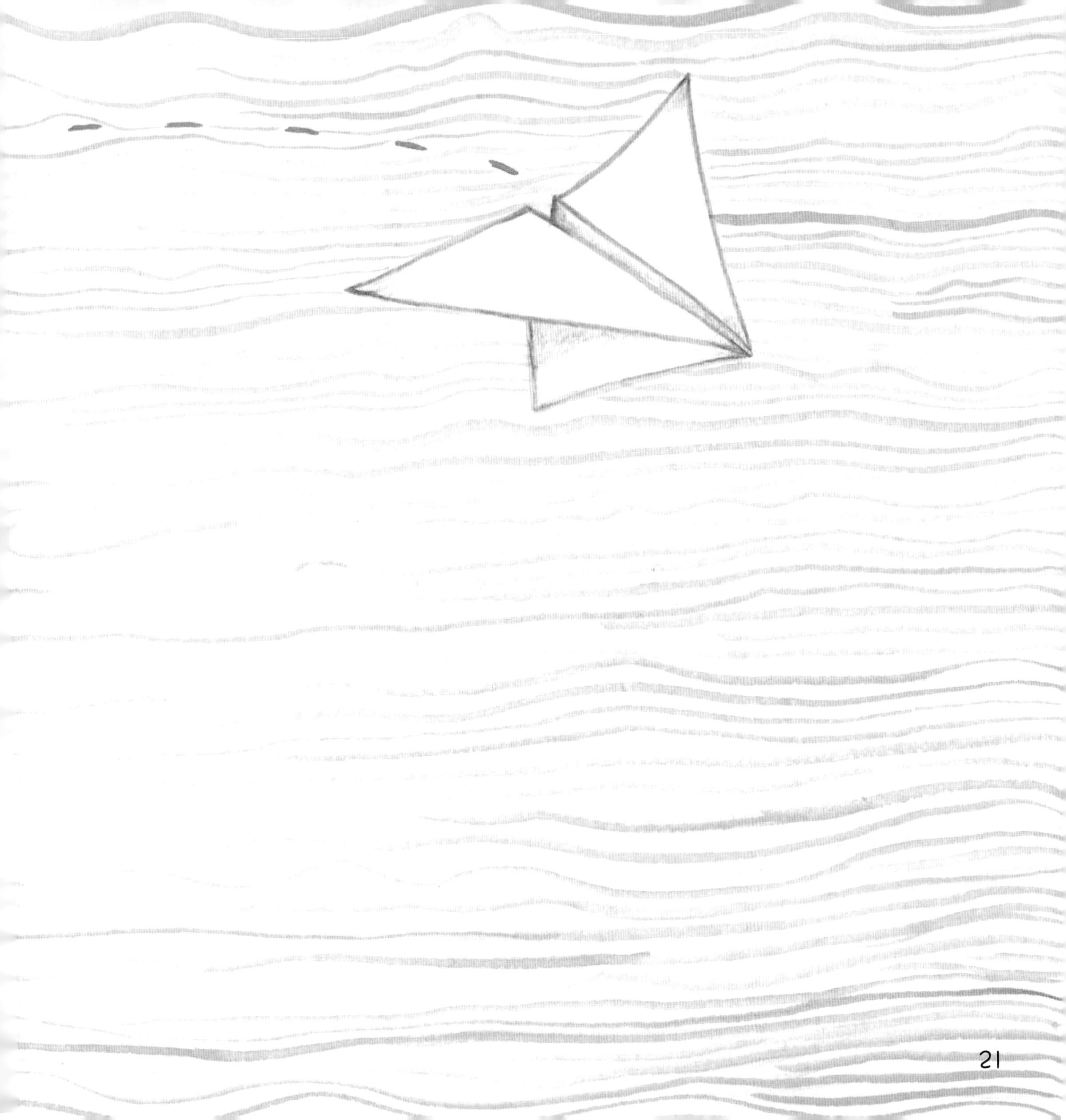

自己扣好鈕扣，

拉上拉鏈。

按升降機的按鈕，

推嬰兒車。

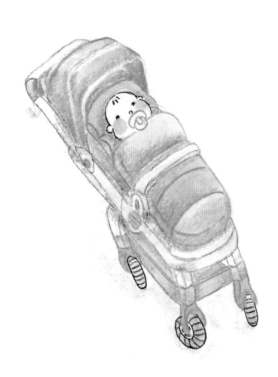

大力 抱 住媽媽。

讓妹妹捉住自己的手指。

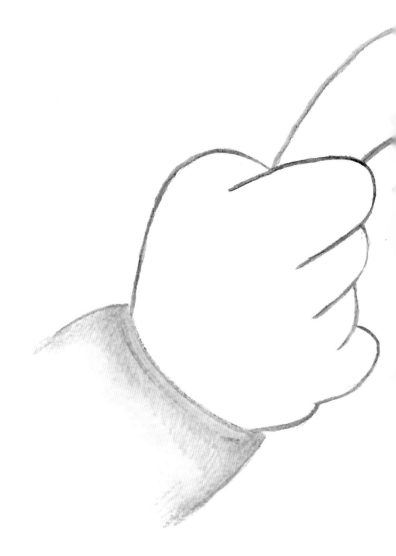

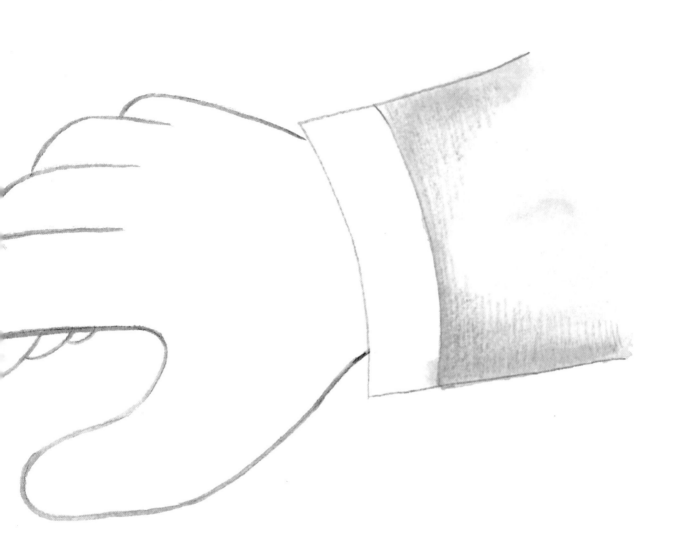

29

你說當哥哥
是不是一件很棒的事呢？

給家長的話

隨着媽媽懷孕，小小年紀的準哥哥就當起小管家，熱心地為家人服務。拖着腹大便便的媽媽上樓梯、給剛回家的爸爸接過公事包、打電話給爺爺嫲嫲宣布妹妹出生的喜訊……爸爸媽媽都為哥哥的懂事而感到高興。然而，妹妹回家之後才是考驗的真正開始！哥哥發現這個小不點似乎除了吃奶之外就只會哭，把大家都累壞了。儘管如此，哥哥還是捏住鼻子去丟掉尿片，掩住耳朵去忍受哭聲。可是，令人心酸的是爸爸媽媽只顧哄妹妹睡覺竟然忘了給自己講故事呢！於是，哥哥只好強忍淚水，把心聲寫在紙飛機上，希望它們能飛進爸媽的心房。

中國人自古以來把兄弟之間的情分稱為「手足之情」。在過去的社會裏，當兄姊的得分擔照顧年幼弟妹的工作，哥哥背妹妹走路，姊姊給弟弟餵食，大孩子也就成了小孩子的雙手和雙腳。《當哥哥》這個故事以「手」部的字詞貫穿，描述小小年紀的哥哥用雙手去照顧家人，「拿」東西、「按」住升降機的按鈕、「推」嬰兒車等，堅強而獨立。故事尾聲，哥哥伸手去哄妹妹，妹妹用柔軟的小手「捉」住自己的手指，這個小小的舉動讓哥哥人生第一次體會到這份「手足之情」，既窩心又溫暖。

文字既是文化傳承的首要載體，亦是文化構成的重要部分。漢字獨特的構成方式不但反映了先民的生活面貌，還展現了濃濃的人情與義理。《漢字部首繪本》系列取材貼近孩童生活的故事，以近乎童詩的形式連結同部首字詞，凸顯部首與字義之間的關係。在這裏我們誠邀家長們與孩子共讀故事，通過有溫度的文字和圖畫帶領孩子走進漢字的世界！

小荷